El estudio de zapatos de Isabella

¡Lee! ¡Dibuja! ¡Diseña!

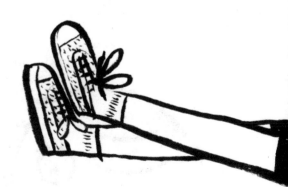

Texto e ilustraciones de Violet Lemay

«Primera edición» significa que esta es la primera vez que hacemos este libro. Si le hacemos algunos cambios y volvemos a publicarlo, entonces lo llamaremos «segunda edición».

Esta es la fecha en que se creó este libro. Se podría decir que es como su cumpleaños.

El estudio de zapatos de Isabella

Primera edición en español, octubre de 2013

El pequeño © significa que la idea del libro le pertenece a la compañía que lo creó.

Esta es nuestra dirección en el ciberespacio, donde puedes ver más información de los fantásticos libros que tenemos para ti.

Este número es exclusivo para este libro. Cada libro tiene un número especial para que cualquiera pueda encontrarlo fácilmente. ISBN son las iniciales en inglés de «Número Internacional Estándar de Libro». Es válido en todas partes, desde Alaska hasta Argentina.

ISBN: 978-607-480-504-8

Impreso en México | *Printed in Mexico*

Charla, la diseñadora del libro, es como una maga. Reunió todos los elementos e hizo que el libro se viera precioso.

Bla, bla, bla... Ya, en serio. Nadie puede copiar este libro o venderlo o construir con él una casa de papel. Si alguien lo hace sin pedir permiso «por favor», se meterá en un problemón.

Diseño: Charla Pettingill

Asistente de ilustración: Elizabeth Kidder

Este cuadradito es un código QR bidimensional. Puede llevarte muy rápido al Facebook de Isabella si utilizas un teléfono inteligente para escanearlo.

El estudio de zapatos de Isabella

es un **cuento para dibujar**.

Eso quiere decir que este es un libro en el cual puedes **leer un cuento**, ¡cuento!

dibujar cosas divertidas y crear tus propias obras de **arte** ¡todo al mismo tiempo!

En cada página descubrirás algo acerca de una niña supercreativa llamada **Isabella** y su **estudio de zapatos**.

Ésa que dice «hola» allá abajo es ella

Además, cada página te da la oportunidad de **colorear**, **diseñar** y **dibujar** tus propias creaciones artísticas.

Isabella también ha preparado algunos juegos divertidos y actividades en los que tú puedes **crear tu propio estudio**, dibujar zapatos en **una galería de pies chiflados** y **colaborar** con tus papás, tu mejor amiga ¡o con quien tú quieras!

¿Estás lista?

¡Dibuja!
¡Crea!
¡A comenzar!

¡Hola!

Me llamo Isabella Ivory Edleston-Finch y tengo ocho años, siete meses, tres semanas y cuatro días de edad.

Soy una artista.

Pon muchos colores en la paleta de Isabella y pinta manchas en su camisola.

Cuando crezca tendré un taller en la ciudad de Nueva York, como la fabulosa Kate Spade.

Viste a Isabella como la Estatua de la Libertad. ¡No olvides su corona de picos!

Mi papá dice que no le sorprende que yo sea una artista porque mi mamá es una artista, y Nana (mi abuela) también lo es. Mi hermanito Leo también quiere ser artista. Ya veremos.

Mamá y papá

Nana

Tam y Leo

MomYandDady

MelanieandMichelle

UkleandGraPae

CarloS

Dibuja a tu familia en estas fotos.

El arte de Nana es la moda.
Ella <u>diseña</u> todo tipo de vestidos.

(Las palabras subrayadas se explican al final del libro).

de Nana

Los vestidos de Nana

Llena el aparador con hermosos vestidos.

Todas las señoras que trabajan en la tienda de Nana se sientan en círculo a terminar el dobladillo de todos los vestidos de fiesta que ella diseña.

Nana dice que yo todavía soy muy pequeña para ayudar a coser dobladillos, pero que clasifico las cuentas mejor que nadie.

Termina de poner las cuentas en este vestido de novia.

Mi madre es una artista, como Nana, pero mi mamá es diseñadora de sombreros.
Hace sus sombreros en la tienda de Nana y también los vende ahí.

Diseña un sombrero para Isabella.

Mamá y Nana dibujan millones de sombreros y vestidos, y luego convierten sus dibujos favoritos en una <u>colección</u> de sombreros y vestidos de verdad.

Fiesta en el jardín 2

Fiesta en el jardín 1

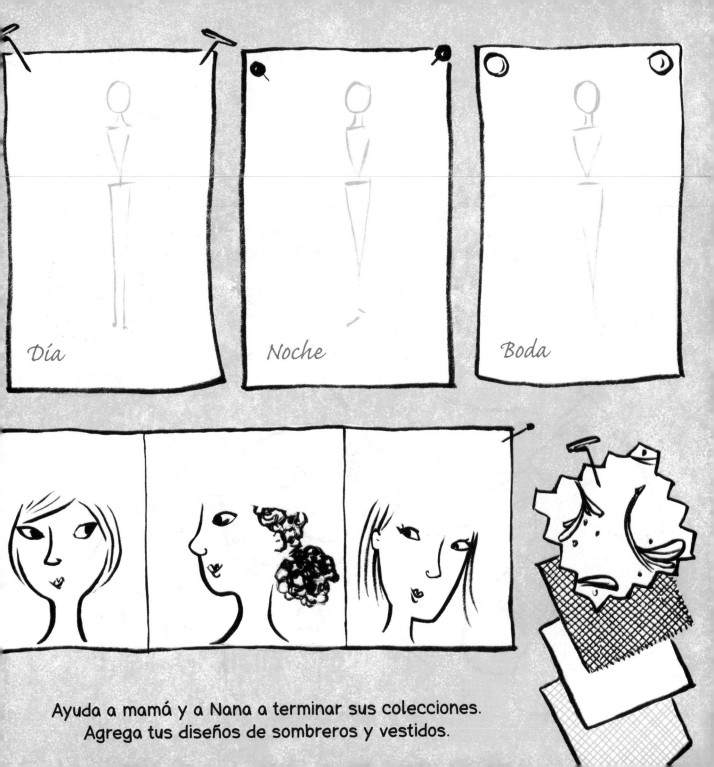

Día

Noche

Boda

Ayuda a mamá y a Nana a terminar sus colecciones.
Agrega tus diseños de sombreros y vestidos.

A veces yo les ayudo. Todavía no he hecho un vestido completo
pero me estoy volviendo buenísima en hacer sombreros.

¡Diseña un sombrero para ti!

Me encanta dibujar vestidos como Nana, y me encanta dibujar sombreros como mi mamá.

bolsa

vestido
tejido

mascada
floreada

botas fabulosas

gorra de
marinero

¿bailarinas?

¡sandalias
playeras!

Diseña el vestido perfecto y el sombrero para cada ocasión.
Crea el atuendo perfecto. ¡No olvides los zapatos y las bolsas!

Yo pinto paisajes porque me encantan las colinas con pasto, y las vacas me hacen reír...

Dibuja borregos, vacas, patos y pollos en toda la granja.

...y me gusta dibujar ciudades.
Leo siempre agrega edificios altos llamados <u>rascacielos</u>.

¿Quién vive aquí? Dibuja personas y sus mascotas viendo por las ventanas.
Ayuda a Leo a agregar rascacielos detrás de los edificios de departamentos.

Pero lo que más, más, más, MÁS me gusta dibujar son zapatos: zapatos elegantes, zapatos cómodos, zapatos para la ciudad y zapatos para el campo. Pienso en zapatos todo el día, ¡y por las noches sueño con zapatos!

¿Y tú qué tal?, ¿qué es lo que más te gusta dibujar?
¡Dibújalo aquí!

Cuando era bebé, mis zapatos favoritos tenían huellas de perrito en la suela. Mi hermanito Leo los usó también cuando era bebé. Mamá dice que todos los bebés, niños o niñas, pueden usar zapatos de perrito.

Es divertido diseñar zapatos para bebé porque los bebés son chistosos y se pueden poner cualquier cosa.

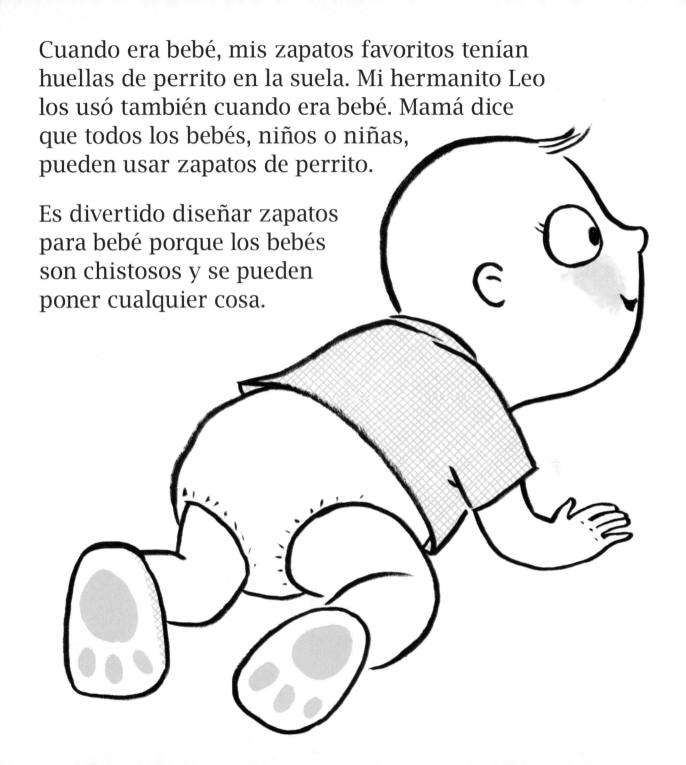

Ayuda a Isabella a diseñar un montón de zapatos para bebé.
Haz unos tiernos ¡y otros divertidos!

Ahora mis zapatos favoritos son los mocasines. Cuando los uso, soy Pocahontas.

Me gustaría que Leo fingiera junto conmigo, pero él prefiere jugar con cubos.

Los mocasines de Isabella se verán mucho más bonitos después de que les dibujes un pájaro hecho de cuentas.

¿Cómo son tus zapatos favoritos? Dibújalos aquí.

En la escuela uso los Mary Janes que heredé de mi prima Carla. A ella ya no le quedan. Me gusta ponerme las cosas usadas de Carla porque así me acuerdo de ella.

Además, estos Mary Janes tienen suelas de goma, así que en el recreo puedo jugar *kickball.* Soy mejor en la segunda base que cualquier otro de mi equipo. Nos llamamos los Cohetes Veloces. ¡Los Cohetes me necesitan, y también necesitan los Mary Janes de Carla!

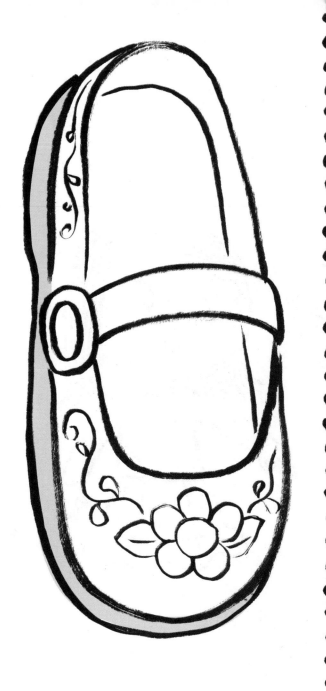

Los zapatos de la escuela
de Isabella.

Dibuja aquí
tus zapatos de la escuela.

Mi mejor amiga, Lilia, tiene zapatos verdes con un moño en la correa. A veces los intercambiamos.

Zapatos de Lilia

Zapatos de Isabella

Dibújale los zapatos de Lilia a Isabella, y los zapatos de Isabella a Lilia.

Lilia

Isabella

Dibuja aquí los zapatos de tu mejor amiga.

En la clase de danza usamos zapatos con puntera, zapatos de tap y zapatillas de ballet.

A los zapatos de danza de Isabella les hacen falta las cintas y los moños.

Mi maestra, madame Eva, siempre me dice:

Isabella, ¡extiende, extiende!
Tu <u>columna</u> es un collar de perlas.

Mamá me dijo
lo que significa:
«¡Párate derecha y
estírate!»

Ahora te toca a ti: ¡párate y e-s-t-í-r-a-t-e!

Para las fiestas tengo unas zapatillas brillantes color de rosa con una flor encima. Nana usa tacón princesa y mamá usa unos tacones altos, ALTÍSIMOS.

Tacón princesa de Nana

Bailarinas de Isabella

Zapato de niña para fiesta

Los tacones altos de mamá

Plataformas

Chinelas

¡Pinta todos estos zapatos con colores brillantes para la fiesta y apréndete sus nombres!

Dibuja aquí tus zapatos de fiesta.

Vamos a jugar un juego: yo diseñaré zapatos para todos, para una fiesta elegante, y tú diseña la ropa que combine con los zapatos.

¡Tú también estás invitada a la fiesta!

Tam

Leo

¡Tú!

Lilia

Isabella

Papá

Mamá

Nana

Viste a todos para la fiesta.

En los **días de museo**
uso zapatos cómodos para caminar

Dibuja aquí tus zapatos más cómodos.

También llevo un cuaderno,
porque los museos me
llenan la cabeza de ideas,
especialmente los cuadros.
Me <u>inspiran</u>.

Llena estos marcos vacíos con arte.

Convierto mis ideas en zapatos

¿Qué te ha inspirado el día de hoy? Dibújalo en este tenis.

A veces transformo
mis ideas en...

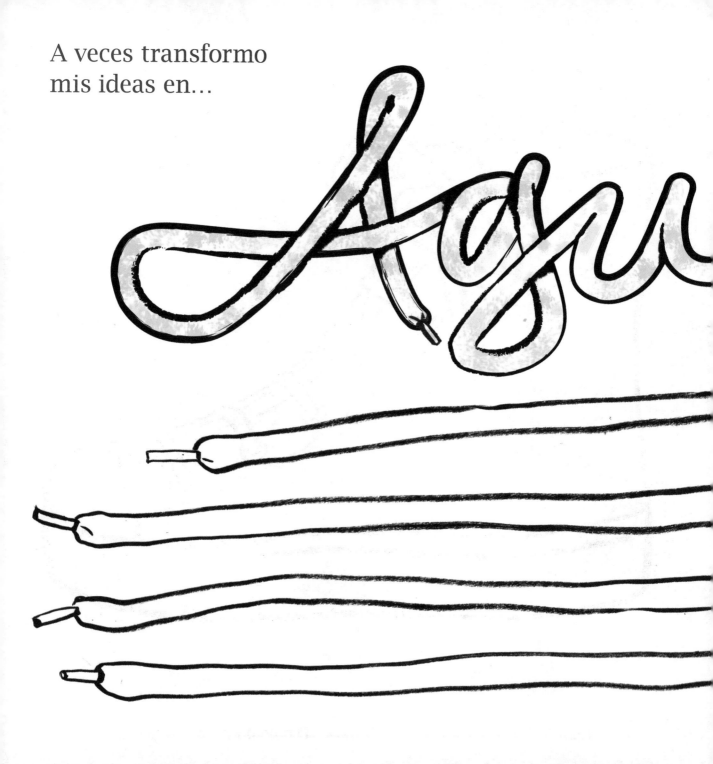

Decora estas agujetas con tus ideas.

No todas mis ideas de zapatos son para niñas y señoras.

También es divertido dibujar **zapatos para niño**

Cuando mi papá vuelve de su oficina, se desamarra las agujetas y dice:

¡mis patitas están cansadas!

Dato curioso: este zapato se llama BOSTONIANO o BROGUE

Completa este zapato para el papá de Isabella.

Los zapatos que tienen luces me hacen muy feliz, incluso en los días nublados.

Usa un crayón para dibujar pequeñas lucecitas en los zapatos de Isabella. ¡Haz que parpadeen mientras ella mueve los pies!

Yo diseñé unos zapatos con lucecitas para que mi papá los
lleve al trabajo. ¡Así su oficina será realmente brillante!

Dibújale zapatos brillantes al papá de Isabella.

Cuando las estaciones cambian podemos usar diferentes tipos de zapatos. Me encanta diseñar zapatos de verano, especialmente chanclas con diamantes que brillan.

Decora estas chanclas y píntale las
uñas a las niñas para que combinen.

Es superdivertido diseñar **botas de lluvia**.
Tengo un cuaderno lleno de ideas para botas
de lluvia. Mamá dice que es mi **cuaderno de
días lluviosos**.

Creímos que Leo
llenaría de edificios
su cuaderno para
un día lluvioso,
pero él tiene otras
cosas que hacer
cuando afuera
está mojado.

Dibuja patrones bonitos en estas botas de lluvia.

También es divertido diseñar
botas de nieve... ¡y es mucho
más divertido usarlas!

Diseña unas lindas botas de nieve que ayuden a
mantener tus pies ¡bien calientitos!

No siempre uso
zapatos.

Cuando estoy leyendo
me gusta usar sólo
calcetines para poder
entrelazar mis dedos
de los pies y pensar.

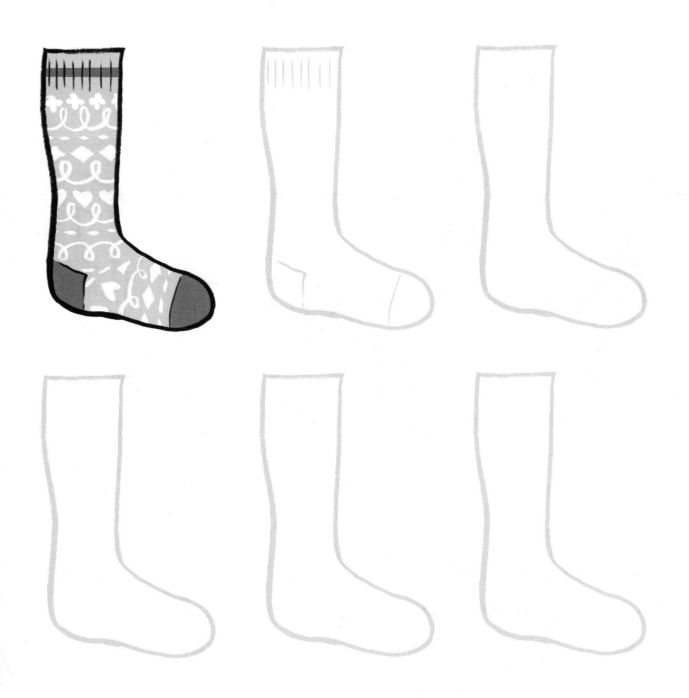

Diseña lindos calcetines para que los use Isabella.

A veces leo libros sobre zapatos.

Dibuja portadas para estos libros. Asegúrate de incluir tus favoritos.

Audrey Hepburn fue una actriz famosa que tenía mucho estilo. Una vez usó bailarinas en una película llamada *Sabrina*, y las mujeres de todo el mundo quisieron usar bailarinas como ella.

Colorea estas bailarinas, todas diferentes: con colores sólidos, a cuadros, con rayas de cebra, lunares, flores, etc. Dibuja hebillas y moños del lado del dedo chiquito de cada zapato.

María Antonieta fue la última reina de Francia.

En aquel entonces sólo a los reyes y las reinas se les permitía usar tacones altos, y los pintaban de rojo para hacerlos más sofisticados.

Eso enojaba muchísimo a la gente. Se deshicieron de María Antonieta y del rey e impusieron una ley contra los zapatos de tacón alto.

¿Ves qué importantes pueden ser los zapatos?

¡Los zapatos pueden cambiar la historia!

Cubre el vestido de María Antonieta de perlas y del encaje más
bonito que puedas imaginar, ¡y colorea sus tacones de rojo!

En *El mago de Oz,* **Dorothy** usó zapatillas mágicas que la protegieron de la Bruja Mala del Oeste.

Dorothy necesita sus zapatillas mágicas. ¡Hazlas superbrillantes!

No me gustan las brujas malas, pero me gustan las **botas** que usan.

De hecho, creo que prefiero usar unas botas negras que unas zapatillas brillantes.

Pionera

Diseña una bota negra para Isabella.

Niña vaquera

Motociclista

¿Qué debería ponerse Isabella con sus botas?

Mi mamá dice que cada par de zapatos tiene algo que decir. Estos son mis zapatos más **amigables.**

Diseña aquí más zapatos amigables.

¿Qué te dicen estos zapatos?

Me gustan los zapatos <u>refinados</u> (y a Nana también),
pero a veces es divertido usar zapatos rudos.

Mi mamá dice:

A veces los diseñadores le ponen nombres
de niña a los zapatos que hacen.

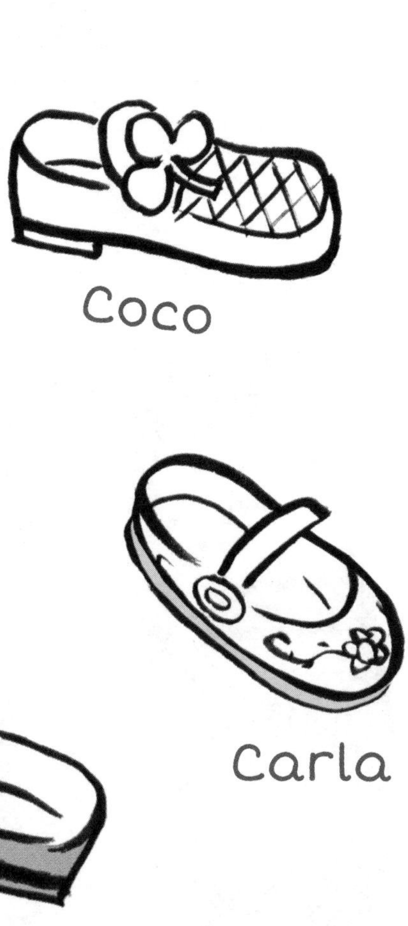

Romina

Marisa

Anya

Coco

Isabella

Carla

Emma

Cecilia

Diseña zapatos con tu nombre y los de tus amigas.

Por supuesto,
no es bueno tener demasiados zapatos.
Dos veces al año revisamos el clóset y escogemos
algunos buenos para dárselos a la gente necesitada.

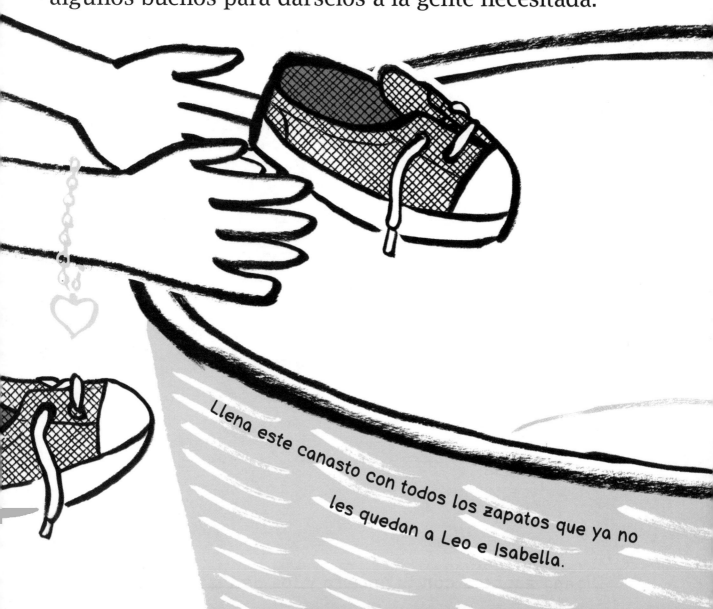

Llena este canasto con todos los zapatos que ya no les quedan a Leo e Isabella.

Hay muchos lugares donde puedes donar tus zapatos.

Encontrarás más información sobre centros de donación al final de este libro.

Sin embargo, a veces nos quedamos con las cajas. Nana, mamá y yo coleccionamos cajas de zapatos bonitas para guardar cosas como pedacitos de listón, plumones y dibujos hechos en hojas de cuadernos.

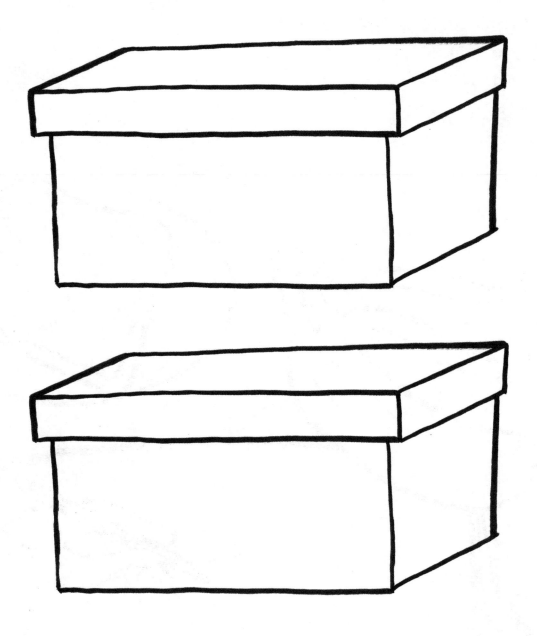

Decora estas cajas para guardar todos los zapatos que has diseñado.
¡No se te olvide poner tu nombre!

Nana nos da cuadernos a mi mamá y a mí (¡y a Leo!) para que conservemos nuestras ideas en un lugar seguro.

Esta mañana se me ocurrió una idea para un nuevo zapato y la dibujé en mi cuaderno.

Ayuda a Isabella a llenar su cuaderno.
¿Qué otras ideas te sugiere esta mesa de desayuno?

Los artistas obtienen ideas de todo lo que ven.

¿Las estrellas y la luna te inspiran algu-
na idea para hacer un zapato?
Si el cielo nocturno fuera un zapato,
¿qué tipo de zapato sería?
Dibuja tu idea en el globo.

Yo pego mis ideas en un tablero, igual que mi mamá y que Nana.

bailarina de Torre Eiffel

zapato de fiesta
Mariposa

detalle

bota Jirafa

tenis
Taxi

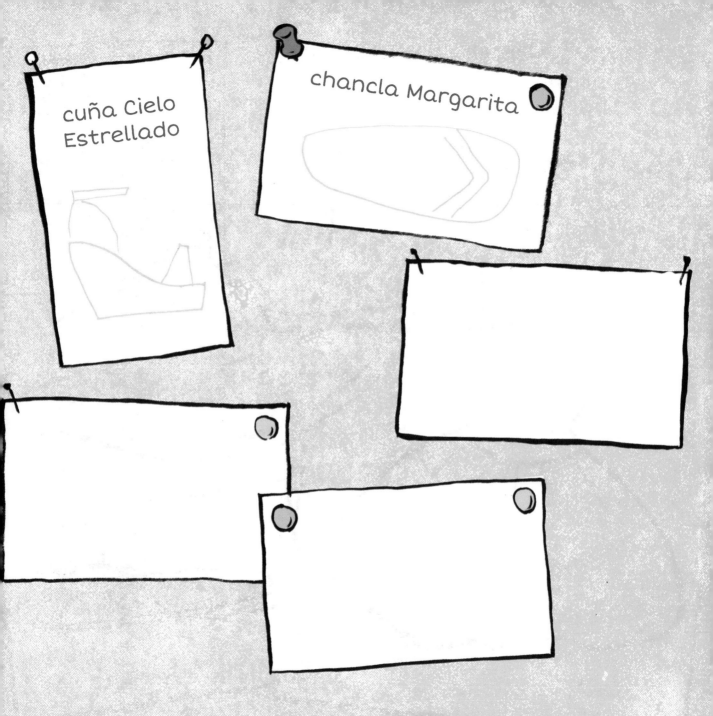

cuña Cielo Estrellado

chancla Margarita

Termina el tablero de ideas de Isabella con tus propias ideas.

A veces a todas nos gusta la misma idea y la compartimos.

«Día soleado»

Nana

Mamá

Isabella

Dibújate vestida con la colección Día Soleado.

Adoro trabajar con mamá y Nana.
Quizá algún día, cuando sea una
diseñadora de zapatos famosa,
pondremos una tienda juntas.

Los vestidos de Nana
Sombreros de mamá
&
Zapatos de Isabella

¿Qué vas a ser cuando crezcas? Dibújate aquí de grande.

Hay millones de cosas que hacer en un estudio.
Puedes diseñar vestidos, juguetes o edificios.
Puedes planear ciudades o hacer experimentos científicos.
Puedes cantar, bailar o tocar el violín.

¡Ahora puedes tener tu propio estudio!
¿Qué harás en él?

Estudio

de

_____

(la actividad de tu estudio)

de

_____

(tu nombre)

Llena estas páginas con tus ideas.

Llena estas páginas con tus ideas.

Llena estas páginas con tus ideas.

Llena estas páginas con tus ideas.

Artistas y diseñadores siempre están buscando inspiración. Dondequiera que vayas, ¡fíjate y verás que encuentras toda clase de zapatos!

Usa las páginas siguientes para dibujar los zapatos más alocados que veas, ¡incluyendo tus propios diseños!

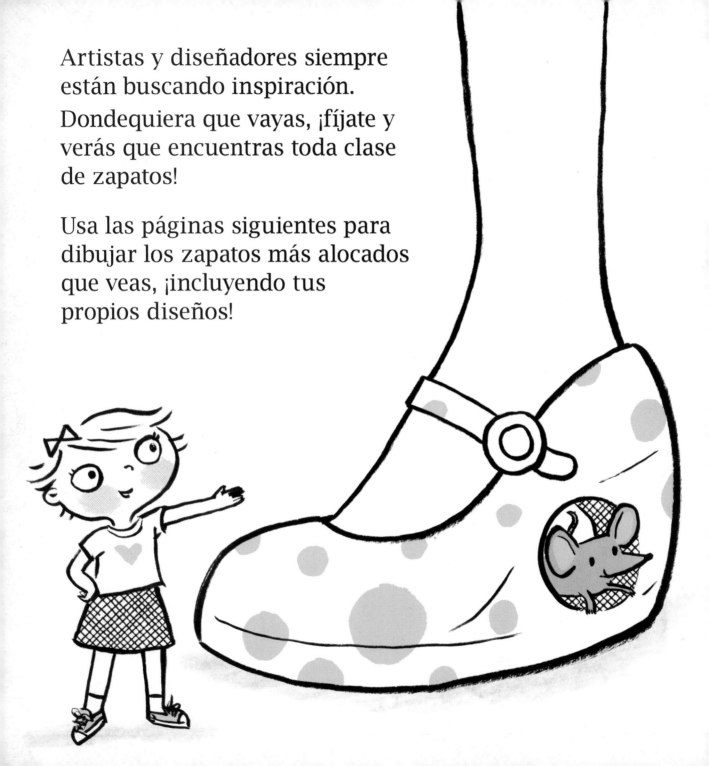

GALERÍA

de los

pies

chiflados

¡Dibuja algunos zapatos chiflados!

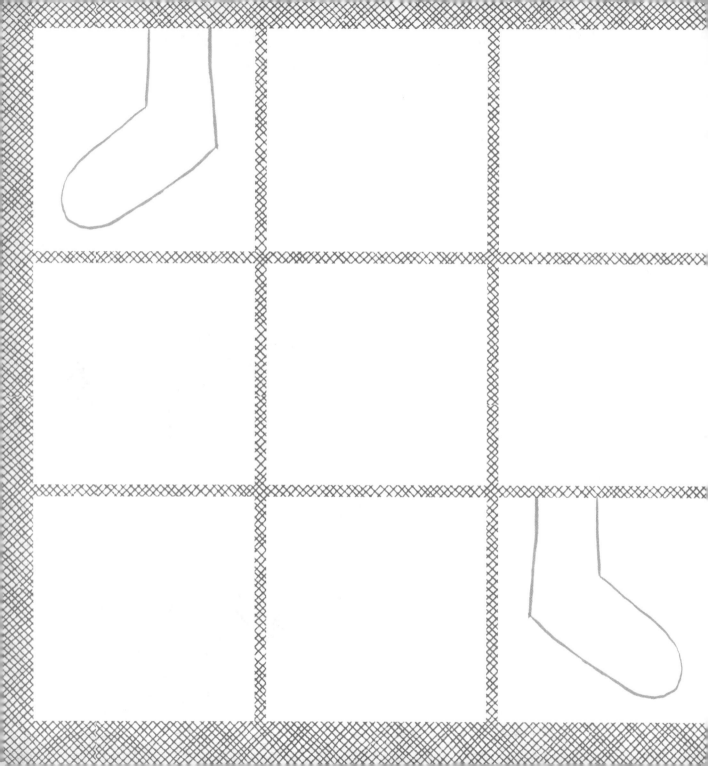

¿Qué te inspira?

¡ALÓCATE!

¡Sé creativa!

Algunos artistas trabajan *juntos*. En otras palabras, colaboran. Usa las siguientes páginas para colaborar con tus amigos ¡y diseñar en equipo algunos zapatos fabulosos!

Colabora

Equipo de diseño
Proyecto: ¡zapato para hombre!

¿Velcro, hebilla o agujetas?

¿Punta redonda, cuadrada o picuda?

¿De vestir, casual o deportivo?

¿Qué opinan, compañeras?

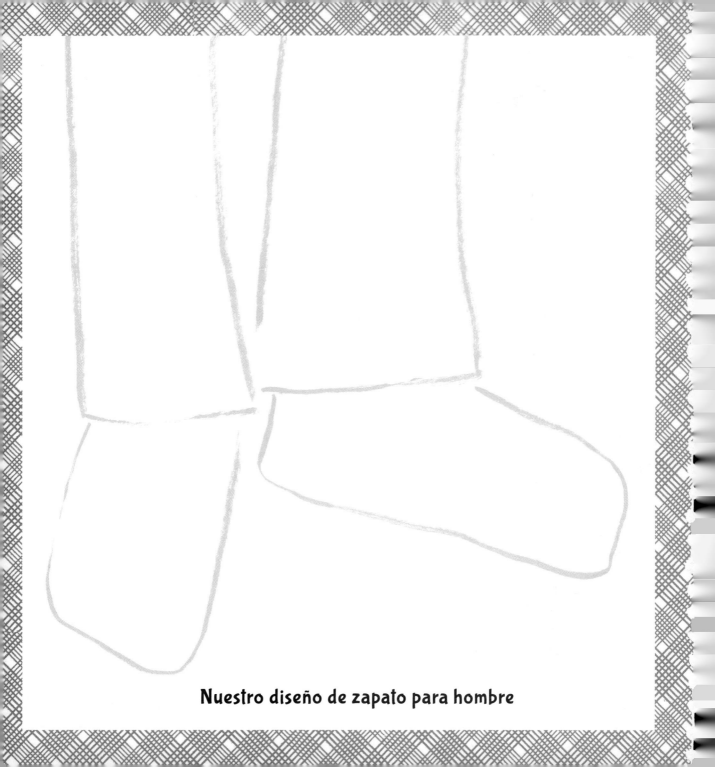

Nuestro diseño de zapato para hombre

Equipo de diseño
Proyecto: ¡zapato de fiesta!

¿Qué estilo de zapato deberíamos diseñar?

¿Mary Jane?

¿Bailarina?

¿Quizá un poquito de tacón?

Dibuja las ideas de todo el mundo en esta página.

Los zapatos de fiesta de nuestro equipo

Proyecto: ¡estampado!

Diseña estampados para los zapatos de estas páginas.

Equipo de diseño
Proyecto: botas para Tam

Diseña unas botas para Tam ¡para que pueda jugar en la nieve!

Ruff!

Dibuja las ideas de todo el mundo en esta página.

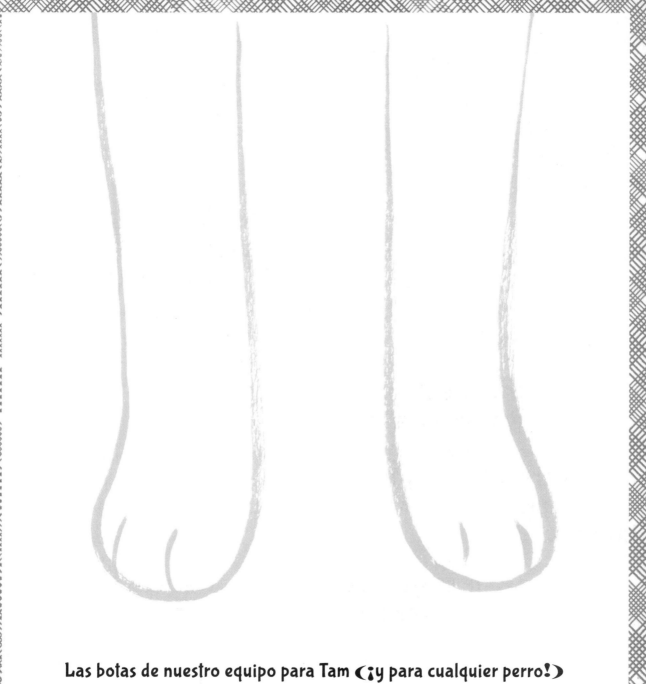

Las botas de nuestro equipo para Tam (¡y para cualquier perro!)

Oye, ¡no hemos terminado aún! Puedes jugar con zapatos.

Los zapatos son como las personas; cada par de zapatos tiene su propia <u>personalidad</u>, y cada par de zapatos te hace sentir un poquito diferente cuando lo usas. ¡Por eso es divertido probarse zapatos!

Juega al **disfraz de zapato** con tus amigos.
Lo único que necesitas es un montón de zapatos viejos.
Es divertido agregar también algunos <u>accesorios</u>, como sombreros, mascadas y bolsas, y sería bueno tener un espejo para que puedas ver cómo luces con tus nuevos zapatos chiflados.

Una vez que ya te pusiste todo, ¡es hora de actuar! Imagina quién podría haber comprado esos zapatos, y finge que eres esa persona.

Palabras nuevas geniales

(para artistas, diseñadores y básicamente todos
los que quieran volverse más listos)

accesorios: un artículo pequeño, como cinturón, mascada o sombrero, que se usa para que la ropa se vea más bonita o completa. *Con este accesorio tu atuendo estará completo.*

atuendo: un conjunto de prendas que se usan juntas. *Tu cinturón nuevo se ve muy bien con ese atuendo.*

colección: un conjunto de prendas nuevas hechas por un diseñador para la misma ocasión. *Me encantan todos los vestidos de la colección de verano del diseñador.*

colaborar: trabajar junto con otras personas. *A mis amigos y a mí nos gusta colaborar en proyectos.*

columna: la hilera de huesos que tienes en la espalda. *Se siente bien estirar mi columna.*

diseñar: dibujar algo que después se podría construir o hacer. *Al artista le gusta diseñar sillas.*

inspirar: darle a alguien una idea nueva. *Vamos al museo; necesito ver algo que me inspire.*

mala actitud: un mal estado de ánimo o lo que haces cuando estás de mal humor. *Esa persona gruñona tiene mala actitud.*

personalidad: las cualidades o características que hacen única a una persona. *Ella tiene una personalidad divertida.*

rascacielos: un edificio altísimo con muchos pisos. *Su oficina está en el último piso de aquel rascacielos.*

refinado: pequeño y delicado; parecido a femenino. *La taza de porcelana es muy refinada.*

Un sitio para donar tus zapatos

Hay muchos lugares donde puedes donar tus zapatos. Pregunta a tus papás o busca en internet sobre centros de acopio en tu comunidad. ¡No los tires! Recuerda que siempre hay una forma de ayudar a los más necesitados.